ホグワーツ校図書館蔵書	
借りた人	貸し出し期限
O. ウッド	4月9日
B. ダンスタン	5月16日
M. フリント	6月22日
C. ディゴリー	7月3日
A. ジョンソン	7月19日
E. マクミラン	8月12日
T. ブート	8月21日
S. フォーセット	9月16日
K. バンディ	10月10日
K. ベル	10月19日
C. ワリントン	11月13日
J. ドニー	12月5日
T. ノット	1月22日
S. キャッパー	1月31日
M. ブルストロード	2月6日
F. ウィーズリー	2月15日
H. グレンジャー	3月2日
H. ポッター	3月11日

注意：この本を引き裂いたり、破ったり、ずたずたにしたり、曲げたり、折ったり、落書きしたり、外観をそこねたり、よごしたり、しみをつけたり、投げたり、落としたり、他のどんなやりかたにせよ、この本を傷つけたり、乱暴に扱ったり、大事にしなかったりするとその結果は、私の能力の及ぶかぎり恐ろしい目にあわせます。　ホグワーツ司書　イルマ・ピンス

推薦の言葉

ケニルワージー・ウィスプの労を惜しまぬ調査により、この魔法戦士のスポーツについて、これまでに知られていなかった貴重な宝が発見された。興味深い読み物である

――『魔法史』著者 バチルダ・バグショット

ウィスプはまことにおもしろい本を書いてくれた。クィディッチ・ファンにとって、この本は役に立つと同時に楽しい読み物になるのはまちがいない

――『賢い箒の選び方』編集者

クィディッチの起源と歴史についての決定版といえる。大いに推薦する

――『ビーターのバイブル』著者 ブルータス・スクリムガー

ウィスプ氏は将来有望である。このようなよい仕事を続ければ、いつの日か、私と一緒に写真をとってもらえるようになるのも、あながち夢ではない！
　　——自伝『わたしはマジックだ』著者　ギルデロイ・ロックハート

ベストセラーまちがいなし。賭けてもいい。さあ、張った、張った
　　——イングランド及びウィムボーン・ワスプスの
　　　　ビーター　ルドビッチ・バグマン

ましな方だわね
　　——日刊予言者新聞　記者　リータ・スキーター

クィディッチ今昔

ハリー・ポッター　シリーズ

ハリー・ポッターと賢者の石
ハリー・ポッターと秘密の部屋
ハリー・ポッターとアズカバンの囚人
ハリー・ポッターと炎のゴブレット
ハリー・ポッターと不死鳥の騎士団
ハリー・ポッターと謎のプリンス
ハリー・ポッターと死の秘宝

イラスト版　ジム・ケイ＝絵

ハリー・ポッターと賢者の石
ハリー・ポッターと秘密の部屋

ホグワーツ・ライブラリー

幻の動物とその生息地
（コミック・リリーフとルーモスを支援）
クィディッチ今昔
（コミック・リリーフとルーモスを支援）
吟遊詩人ビードルの物語
（ルーモスを支援）

J.K.ローリング
クィディッチ今昔

Original Titel:Quidditch Through the Ages

First published in Great Britain in 2001 by Bloomsbury Publishing Plc
50 Bedford Square, London WC1B 3DP

www.bloomsbury.com

Bloomsbury is a registered trademark of Bloomsbury Publishing Plc

This edition published in 2017

Text copyright © J.K. Rowling 2001
Cover illustrations by Jonny Duddle copyright © Bloomsbury Publishing Plc 2017
Interior illustrations by Tomislav Tomic copyright © Bloomsbury Publishing Plc 2017

The moral rights of the author and illustrators have been asserted

Harry Potter characters, names and related indicia are
trademarks of and © Warner Bros. Entertainment Inc.
All rights reserved

All rights reserved
No part of this publication may be reproduced or transmitted by any means, electronic,
mechanical, photocopying or otherwise, without the prior permission of the publisher

コミック・リリーフ（英国）は貧困対策と社会的公正を促す取り組みの資金を集めるため、1985年にイギリスのコメディアンたちによって設立された。本書の世界的な収益は、英国と世界中の子どもや若者が未来に備えられるように遣われる──安全で、健康で、教育を受けられ、権限を与えられるように。

コミック・リリーフ（英国）は登録された慈善団体であり、登録番号は326568（イングランド／ウェールズ）、SC039730（スコットランド）。

ルーモスはルーモス財団の通称で、イングランドとウェールズで登録された保証有限会社であり、登録番号は5611912。慈善団体登録番号は1112575。

この本を創り出したJ.K.ローリングが、
その印税のすべてをコミック・リリーフとルーモスに
ご寄付くださったことに感謝します。

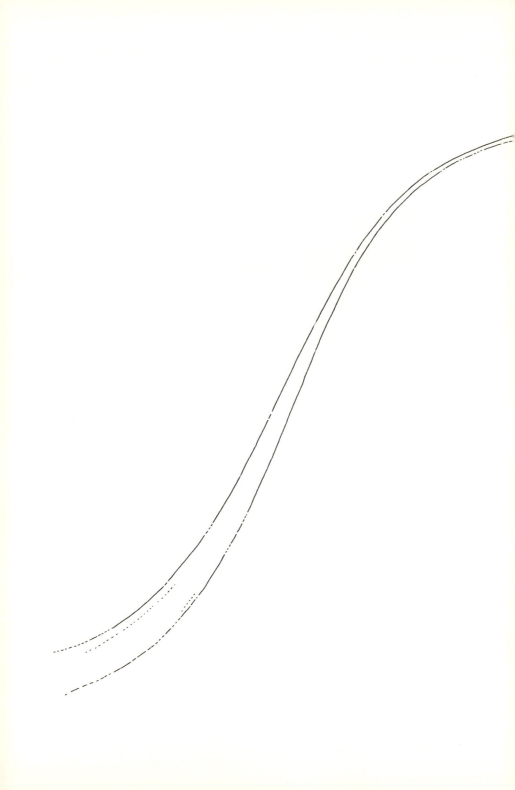

目次

まえがき		13
第1章	飛行箒の進化	19
第2章	古代の箒競技	25
第3章	クィアディッチ湿原の競技	33
第4章	黄金のスニッチ登場	41
第5章	マグル対策	53
第6章	14世紀以降のクィディッチの変遷	59
	競技場	61
	ボール	67
	選手	71
	ルール	76
	審判	80
第7章	イギリスとアイルランドのクィディッチ・チーム	85
第8章	クィディッチの世界的普及	103
第9章	競技用箒の発達	123
第10章	今日のクィディッチ	133

まえがき

「クィディッチ今昔」は、ホグワーツ図書館の蔵書の中でも人気の高い本であります。司書のマダム・ピンスが言うには、この本はほとんど毎日のように「踏んだりけったり、よだれを垂らされたり、散々な目にあっている」――これこそ本に対する賛辞であります。定期的にクィディッチをプレーする者、観戦する者にとってはもちろんのこと、もっと広く魔法界の歴史に興味をもつ者にとっても、このウィスプ氏の著書は大いに楽しめるものであります。我々がクィディッチを発展せしめたと同様、クィディッチもまた我々を発展させたのであります。クィディッチは職業にかかわりなく、すべての魔女、魔法使いを結びつけ、興奮を、勝利を、そして（チャドリー・キャノンズのファンにとっては）絶望の時を共に

することができるのです。

　この本がもっと広く読まれるよう複製したいので、蔵書を1冊提供してくれるよう、司書のマダム・ピンスを説き伏せるのは、かなり難しかったことを告白せねばなるまい。実は、この本をマグルが読めるようにするのだと告げると、マダム・ピンスは言葉を失い、数分間、身動きも瞬きもしなかったのであります。やがて我に返ったマダム・ピンスは、いみじくも、私の判断力が休暇をとっているのではないか、と尋ねました。この点については私が大丈夫だと保証し、さらに、なぜこのような前代未聞の決断をするに至ったかを説明しました。

　マグル読者にとっては、いまさらコミック・リリーフの仕事を説明する必要はないと思うので、この本を購入した魔法使いおよび魔女の方々のために、マダム・ピンスにしたのと同じ説明をくり返しましょう。コミック・リリーフは、笑いをもって、貧困、不正、災害と闘っています。笑いを広げることで大きな金額を獲得しているのです（1985年の開設以来、2001年現在で1億7400万ポンド、すなわち3400万ガリオン以上）。本書を購入し

ていただくことにより——購入をお勧めいたしますぞ。なぜなら、もしお金を出さずにこの本を長々読み続けると、「盗人への呪い」をかけられることになるからです——この魔法的な使命に、あなたも貢献することができるのであります。

　こうした説明をした結果、マダム・ピンスが図書館の蔵書をマグルのために引きわたすことを快諾したと言えばうそになりましょう。マダム・ピンスはいくつかの代替案を出しました。たとえば、図書館が火事で焼けてしまったことにするとか、私が急死して、図書館は私から何も指示を受けていないと、コミック・リリーフの人々にそう言ったらどうかという意見でありました。結局のところ、私が最初に立てた計画のほうが好ましいと言うと、マダム・ピンスはしぶしぶ本を引きわたすことに同意しました。もっとも、実際に本を手放す段になると、マダム・ピンスは気がくじけたらしく、私はその指を一本ずつ、本の背からむりやりひっぺがさなければなりませんでした。

　図書館のすべての蔵書に通常かけられている呪文は、

この本に関しては私が取り除いておきましたが、すべての呪文が跡形もなく消えたとは保証できません。マダム・ピンスが自分の管理下にある本に、さらに異常な呪いをかけていることがあります。私自身も昨年、『超物質的変身術理論』の本に、何気なくいたずら書きをしたところ、次の瞬間、その本に頭を激しくぶたれるという憂き目にあいました。この本の取り扱いには細心の注意をお払いくだされ。ページを破り取らないこと。トイレに落とさないこと。さもないと、あなたがどこにいようとも、マダム・ピンスが突然襲いかかり、重い罰金を課さないと保証はできませんぞ。

　最後に、コミック・リリーフへの皆様のご支援を感謝いたします。そしてマグルの方々は、どうか自宅でクィディッチをなさらぬようお願い申し上げます。これはまったく仮想のスポーツでありまして、誰もプレイする者はおりません。またこの機会を利用し、来るシーズンにはパドルミア・ユナイテッドが活躍することを切に願うものであります。

アルバス・ダンブルドア

1

飛行箒の進化

人の姿のままで、何の助けも借りずに飛ぶことを可能にするような呪文は、いまだに考案されてはいない。羽のある動物に変身できる数少ない「動物もどき」は飛ぶことができるが、これはごく稀な例である。コウモリに変身した魔女や魔法使いは、空中に舞い上がることができるが、なにしろコウモリの脳みそでは、飛び上がった瞬間、どこに行くつもりだったか忘れてしまうにちがいない。浮上術はごく普通に行われるが、我々の祖先は、たかだか地上1.5メートルに浮かんでいるだけでは満足できなかった。もっと何かしたかった。羽を生やすという手間なしに、鳥のように飛びたかった。
　今日ではイギリスの魔法使いの家であれば、少なくとも１本は飛行箒があるのがあたりまえで、ことさらその

わけを問うこともめったにない。しかし、箒ごときが、なぜ魔法使いの交通手段として唯一、合法的に認められるようになったのだろう？　東洋の魔法使い仲間にはじゅうたんが愛用されているのに、なぜ西洋の我々はそれを採用しないのだろう？　なぜ空飛ぶ樽、空飛ぶソファ、空飛ぶ浴槽を作るという選択をしなかったのか——なぜ箒なのか？

　近所に住むマグルたちが、魔法の力のすべてを知ってしまったら、きっとその力をうまく利用しようとするだろう。それを見抜くだけの才覚を持ち合わせていた魔女や魔法使いたちは、「国際魔法使い機密保持法」が制定されるずっと前から、仲間内だけのつきあいをしてきた。なんらかの飛行手段を家の中に置いておくのであれば、目立たず、簡単に隠せるものでなければならない。箒はこの条件にぴったりだった。マグルに見つかっても説明も言い訳もいらないし、持ち運びが簡単で安価だった。しかし、飛行目的で魔法をかけた初期の箒には欠点があった。

　記録によれば、ヨーロッパの魔女、魔法使いは、紀元

962年にはすでに飛行箒を使っていた。飾り文字で書かれたこの時代のドイツの古文書には、3人の魔法戦士が、いずれもひどく痛そうなしかめっつらで箒から降りようとしているところが描かれている。スコットランドの魔法使い、ガッスリー・ロッホレンは、1107年、モントローズからアーブロースまでの短距離を箒で飛んだあと、「尻が木のささくれだらけになり、痔がひどくなった」と述べている。

ロンドンのクィディッチ博物館に展示されている中世の箒を見ると、ロッホレンの不快感が納得できる（図A参照）。ニス仕上げしていない、節くれだった太いトネリコの柄に、その一方の端にハシバミの小枝が荒っぽく束ねられ、快適さも空気力学もない。箒にかけられた呪

図A

文も、箒同様に単純で、前進は一定速度のみ、あとは上昇、下降、停止するだけである。

この時代の魔法使いは、それぞれの家庭で箒を作っていたため、スピードや快適さ、性能もまちまちであった。しかし12世紀になって、魔法使い同士で互いに仕事の交換が始まり、箒製造に熟練した魔法使いと、魔法薬を作るのがより上手な隣人が、物々交換するようになった。箒の乗り心地がよくなると、単にA地点からB地点に移動するためだけでなく、箒乗りを楽しむようになった。

2

古代の箒競技

箒の進歩により、コーナーを曲がったり、速度や高度を変えたりできるようになると、たちまち箒スポーツが登場した。魔法界の昔の書物や絵を見ると、我々の祖先がどんな競技をしていたかを垣間見ることができる。今はもう残っていないものもあるし、生き残って現在のスポーツの形にまで進化したものもある。
　スウェーデンで毎年行われる名高い箒レースは10世紀に始まった。参加者は、コパーベルグからアリエプログまでの300マイル（480キロ）あまりを飛行する。このコースはドラゴンの保護区をまともに横切るので、優勝の大銀杯は、スウェーデン・ショート──スナウト種ドラゴンの形をしている。現在ではこれが国際的なレースとなり、世界中からコパーベルグに魔法使いが集まり、選手を出発点で応援し、その後「姿あらわし術」でアリ

エプログに現れ、ゴールに生きて戻ってきた選手をたたえる。

　有名な「暴れ者グンターの優勝」（1105年）の絵は、古代ドイツの競技、**スティックストック**を描いたものである。20フィート（6メートル）のポールの先端にドラゴンの膀胱をふくらませたものがのっている。箒に乗った選手の1人がこの膀胱を守る役目をする。この膀胱ガードマンは、腰のあたりにロープをかけ、それをポールに結びつけて、ポールから10フィート（3メートル）以上は離れられないようになっていた。ほかの選手は、代わるがわる膀胱をめがけて突っ込み、特別に削った箒の柄の先で膀胱をパンクさせようとする。膀胱ガードマンは杖を使って攻撃をかわすことが許されていた。膀胱をパンクさせるか、ガードマンが、相手の選手全員に呪いをかけて動けなくするか、または自分が疲労こんぱいで倒れるかしたとき、ゲームが終了した。スティックストックは14世紀にすたれてしまった。

　アイルランドでは、**エインジンジェイン**という競技が盛んで、アイルランド叙事詩に多く詠まれている（伝説

Günther der Gewalttätige ist der Gewinner

の魔法使い「大胆不敵のフィンガル」はエイジンジェインのチャンピオンであったと言われる）。選手はそれぞれ「ドム」すなわちボール（実際はヤギの膀胱）を持ち、やぐらを組んで空中高くしつらえられた、何個もの燃える樽の中をすばやく飛び抜ける。ドムは最後の樽を貫通するように投げ入れられる。途中、火に巻かれずに、最短の時間で最後の樽にドムを投げ、貫通させたものが優勝する。

　スコットランドは、箒競技の中で最も危険だとされる、**クレオスシアン**の発祥の地である。この競技については、11世紀のケルト語の悲劇的な詩に詠まれているが、その第一節を翻訳すると次のようになる。

　　競う者が集った。12人の勇猛果敢な剛の者、
　　持参の鍋をくくりつけ、いまや遅しと飛ぶ時を
　　待つ。角笛の音が鳴り、彼らはたちまち空中に
　　飛ぶ。しかしそのうち10人は、ついに帰らぬ
　　人となりぬ。

クレオスシアンの選手は、それぞれ頭に鍋をくくりつけていた。角笛または太鼓の合図とともに、それまで地上100フィート（30メートル）上空に浮いていた呪文をかけられた岩石が、最高で100個、地上めがけて降り注ぐ。選手は鍋にできるだけ多くの岩石を集めようと、その中を飛び回る。スコットランドの魔法使いの多くは、これを男らしさや勇気を示す究極のテストと考えていたので、競技の結果おびただしい死者が出たにもかかわらず、クレオスシアンは中世において極めて人気の高い競技だった。この競技は1762年に非合法となり、1960年代には「へこみ頭のマグナス・マクドナルド」が先頭に立って再開キャンペーンを展開したが、魔法省は禁止令を撤回しなかった。

シャントバンプスは、イギリス、デボン州で盛んであった。これは馬上槍試合の原型で、できるだけ多くの選手を箒からたたき落とすことだけに専念し、最後まで箒にとどまった者が勝者となった。

スイベンホッジはヘレフォードシャー州で始まった。スティックストックと同じく、ふくらませた膀胱を使う。

通常は豚の膀胱を使った。選手は箒に後ろ向きに乗り、箒の尾で生垣越しに膀胱を打ち合う。打ち損じると相手側に得点が与えられる。50点先取したほうが勝者。

　スイベンホッジは今でもイギリスで行われているが、一度も広範な人気を得ることはなかった。シャントバンプスは子供の遊びとしてのみ生き残った。一方、後日魔法界で最も人気を博すこととなる競技が、クィアディッチ湿原で出来上がりつつあった。

クィアディッチ湿原の競技

クィディッチがまだ未完成だったころについては、11世紀にクィアディッチ湿原の周辺に住んでいた魔女ガーティ・ケドルの書き残したものからうかがい知ることができる。我々にとって幸運なことに、ガーティは日記をつけていて、それが今、ロンドンのクィディッチ博物館に所蔵されている。サクソン語の下手な文字で書かれた原書を翻訳したものから抜粋して、以下に引用する。

　火曜日　暑い。湿原のむこうの連中が、またしてもあれをやっていたのだ。箒に乗ったバカげたゲームだ。大きな革のボールがうちのキャベツ畑に落ちた。ボールを拾いにきた男に呪いをかけてひざこぞうを後ろ前に引っくり返して

やった。飛べるものなら飛んでみろ。でっかい毛むくじゃら豚め。

火曜日　雨。湿原に出てイラクサをつむ。箒乗りバカがまた遊んでいる。岩陰からしばらくのぞいてみた。新しいボールを使っていた。ボールを投げ合ったり、湿原の両端の木に刺そうとしたりしていた。しょうもない、くだらないものだ。

火曜日　風強し。グエノグがイラクサ茶を飲みにやってきて、おもしろいものがあるからと私を誘った。なんのことはない、湿原で例のバカどもがゲームをやっているのを見るはめになった。丘の上から来た、あの大きなスコットランドの魔法戦士もいた。今度は大きな重い岩が２つ飛び回っていて、全員を箒からたたき落とそうとしていた。残念無念だが、私が見ている間に箒から落ちた者は誰もいなかった。グエノグ

は自分でもときどきやると言っていた。うんざりして家に帰った。

　この抄訳を読むと、ガーティ・ケドル自身が考えてもみなかったようなことがいろいろと明らかになっている。この魔女が、1週間の曜日のうちたった1つしか知らなかったということも明らかだが、それはさておき、第一に、キャベツ畑に落ちたボールが現代のクアッフルと同じく革製であったこと——言うまでもなく、その時代のほかの箒競技で使われていた膀胱風船では、正確に投げることはできなかったし、とくに風の強いときには難しかった。第二に、ガーティが「湿原の両端の木に刺そうとしていた」と書いている。これは明らかに、ゴールで得点をする初期の形である。第三に、ブラッジャーの原型もちらりと見える。「大きなスコットランドの魔法戦士」がいたというのも非常に興味深い。クレオスシアンの選手だったのだろうか？　大岩に魔法をかけて競技場をビュンビュン飛び回らせるという危険なアイデアは、自分の故郷のゲームである「クレオスシアン」で使って

いる巨岩に触発されたものだろうか？

　クィアディッチ湿原で行われたこのスポーツについて触れたものは、それから1世紀の間、何もなかったが、100年後、魔法使いグッドウィン・ニーンがノルウェーに住むいとこのオラフに羽根ペンで書いた手紙に登場する。ニーンはヨークシャー州に住んでいたが、このことから、ガーティ・ケドルが最初に目撃して以来100年の間に、この競技がイギリス中に広まったことがうかがえる。ニーンの手紙はノルウェー魔法省の古文書館に所蔵されている。

　　親愛なるオラフ

　元気かい？　僕は元気だ。でもグンヒルダが軽いドラゴン痘にかかってね。先週土曜日の夜、クウィーデッチを威勢よく1試合やって、楽しかったけど、かわいそうにグンヒルダは、まだキャッチャーができるような状態ではなかったから、鍛冶屋のラドルフが代わりを務めた。イルクリーからやってきたチームはなかなか健闘

したけど、我々の敵じゃない。なにしろこっちは、1か月間ずっと猛練習を続けたし、42回も得点したよ。ラドルフは頭にブラッダーをくらっちまった。ウッガじいさんが棍棒を扱うのにのろのろしてたものでね。得点用の新しい樽はうまくいった。両端に3本ずつ支柱を立てて、その上にすえたんだ。樽は飲み屋のウーナが用意してくれた。その上ウーナは、我々が勝ったので、一晩中蜂蜜酒をただで飲ませてくれた。帰宅がだいぶ遅くなって、グンヒルダは少し腹を立ててね。悪質な呪いを2、3回よけるはめになった。でも、僕の指、今はちゃんと元どおり生えてきたよ。

　　　　この手紙を僕の持っている一番いいふくろうで送ります。無事届けてくれますよう。

　　　　　　　　あなたのいとこ、グッドウィンより

　このように、100年でいかにこの競技が発展したかを

見ることができる。グッドウィンの妻は「キャッチャー」をするはずだった——おそらく今の「チェイサー」のことだろう。鍛冶屋のラドルフがくらった「ブラッダー」（「ブラッジャー」にちがいない）は、ウッガ——棍棒を持っているので明らかに「ビーター」だ——が受け止めなければならなかった。ゴールはもはや立ち木ではなく、高い支柱の上の樽になっている。しかし大切なものが1つ欠けている、黄金のスニッチである。この4つ目のボールは、13世紀の半ば過ぎに初めて、奇妙な形で現われた。

4

黄金のスニッチ登場

スニジェット狩は、1100年代の初頭から、多くの魔法使い、魔女の間で盛んに行われていた。黄金のスニジェット（図B参照）は、現在では保護鳥だが、当時は北ヨーロッパのどこにでもいた。しかし、身を隠すのがうまく、飛ぶのが非常に速いことから、マグルの目では見つけにくかった。

　スニジェットが超小型であり、しかも空中でのすばらしい敏捷さ、捕食者から逃れる能力を備えているので、スニジェットを捕らえると、魔法使いにとっては自慢の種になった。クィディッチ博物館に保存されている12世紀の壁掛けには、スニジェット狩に出かける人たちが描かれている。壁掛けの最初の部分には、狩人が、あるいは網を持ち、あるいは杖を持ち、さらにはスニジェッ

トを素手で捕まえようとしている姿が描かれている。この壁掛けを見ると、捕まったスニジェットがしばしば押しつぶされることがあったのがわかる。壁掛けの最後の部分では、スニジェットを捕まえた魔法使いに黄金一袋が贈られているのが見える。

スニジェット狩はいろいろな点で非難されるべきものであった。スポーツの名のもとに、この平和を愛する小

図B

鳥が殺されたことは、まともな神経の魔法使いなら深く後悔しなければならない。その上スニジェット狩は真っ昼間に行われることが多かったので、ほかのどんな活動よりも頻繁に、マグルに箒を目撃されてしまった。しかし、当時の魔法使い評議会は、このスポーツの人気を抑えることができなかった——それどころか、評議会そのものが、スニジェット狩のどこが悪い、という見方をしていたようだ。このことは後述する。

スニジェット狩がついにクィディッチと出会うのは、魔法使い評議会委員長バーバルス・ブラッグの臨席した1269年の試合においてであった。このいきさつがわかるのは、ケント州のマダム・モデスティ・ラブノットが、アバディーン在住の妹、プルーデンスに送った手紙によってである（この手紙もクィディッチ博物館に展示されている）。マダム・ラブノットによれば、ブラッグはかごに入ったスニジェットを試合に持ってきて、選手たちに、試合中にこれを捕まえたものには150ガリオンを[*1]

---

*1　現在の価値で100万ガリオン以上。ブラッグが払う意思があったかどうかは疑わしい。

与えると言った。そのあと何が起きたか、マダム・ラブノットが書いている。

選手はクアッフルを無視し、ブラッダーをよけながら、一団となって空に上がったわ。2人のキーパーもゴールのバスケットをほったらかして狩に加わったのよ。かわいそうに、小さなスニジェットは競技場を隅から隅へと飛んで、なんとか逃げようとしたのだけど、観衆の魔法使いたちが「はねつけ呪文」をかけて、無理やり競技場に押し戻してしまったの。ねえ、プル、私がスニジェット狩をどう思っているか、私がかんしゃくを起こしたらどうなるか、あなた、知ってるでしょう？ 私、競技場に駆けこんで、さけんだわ。「ブラッグ委員長、これはスポーツではないわ！ スニジェットを自由にしてあげて。私たちはすばらしい『クアディッチ』を観にきたのよ！」プル、ねえ、信じられる？あのケダモノがどうしたと思う？ 大笑いして、

私に空の鳥かごを投げつけたのよ。私はカッとなりましたよ、プル、カッとなりましたとも。かわいそうな小さなスニジェットが私のほうに飛んできたので、「呼び寄せ呪文」をかけたわ。プル、私が「呼び寄せ呪文」が得意なこと、知ってるわね。そのときは箒に乗っていなかったから、正確に的をしぼりやすかったのもたしかね。小さな鳥は私の手の中に飛び込んだわ。私はローブの前にその鳥を入れて、夢中で走ったわ。

私は捕まってしまったけど、その前に人混みから逃れて、スニジェットを放してあげたわ。ブラッグ委員長はカンカンで、私は角ヒキガエルとか、もっとひどい何かに変身させられるのじゃないかと一瞬覚悟したくらい。運よく、ブラッグの顧問たちがとりなしてくれて、私は試合妨害のかどで罰金10ガリオンだけですみました。もちろん10ガリオンなんて大金、私は一度も持ったことがなかったし、そういうわけ

で、私たちの生まれた家を売ってしまいました。

まもなくあなたのところへ行って、お世話になるわ。運のいいことにヒッポグリフは取り上げられなかったの。でもこれだけは言えるわ、プル。もし私に選挙権があったら、ブラッグ委員長は1票失ったことでしょう。

あなたを愛する姉より

モデスティ

マダム・ラブノットの勇敢な行動によって、スニジェットが1羽は救われたであろうが、1人ではすべてのスニジェットを救うというわけにはいかなかった。ブラッグ委員長の思いつきが、クィディッチのやり方そのものを変えてしまった。まもなくクィディッチの試合中に必ず黄金のスニジェットが放されるようになり、各チームに1人の選手（ハンター）が、スニジェットを捕まえることだけに専念するようになった。鳥が殺されるとその試合は終了し、ブラッグ委員長の約束した150ガ

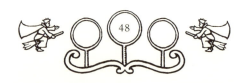

リオンにちなんで、捕まえたハンターのチームに150点が与えられた。観衆はスニジェットが競技場から出られないように、マダム・ラブノットが書いていたあの「はねつけ呪文」をかけた。

しかしながら、次の世紀の半ばころまでには、スニジェットの数があまりにも少なくなり、当時の魔法評議会委員長エルフリダ・クラッグは、先代よりずっと見識が高かったので、スニジェットを殺したり、クィディッチ試合に用いたりすることを禁止した。モデスティ・ラブノット・スニジェット保護区が、サマセットに創設され、さらに、クィディッチ試合が続けられるよう、スニジェットの代わりになるものを必死で探した。

黄金のスニッチを発明したのは、ゴドリックの谷の魔法使い、ボーマン・ライトである。国中のクィディッチ・チームが、スニジェットに代わる鳥を探していたのに対し、「金属呪文」に優れたライトは、行動様式や飛行パターンがスニジェットに似ているボールを作ろうとした。ライトが鮮やかな成功を収めたことは、死後に残された何巻もの羊皮紙に、国中からの注文が列記されて

いることから明らかである（羊皮紙は現在コレクターの個人所蔵）。ボーマンは自分の発明を「ゴールデン・スニッチ（黄金のスニッチ）」と称したが、これは、クルミ大でスニジェットとまったく同じ重さだった。銀色の羽はスニジェットと同じく関節が回転する翼で、モデルになったスニジェットと同じく、稲妻のようなスピードで正確に方向転換をすることができる。しかしながらスニジェットと異なり、競技場内にとどまるように前もって魔法がかけられていた。黄金のスニッチが導入されたことで、クィアディッチ湿原から始まり300年を経た進化が一区切りついたといえよう。クィディッチはここに真の誕生を迎えた。

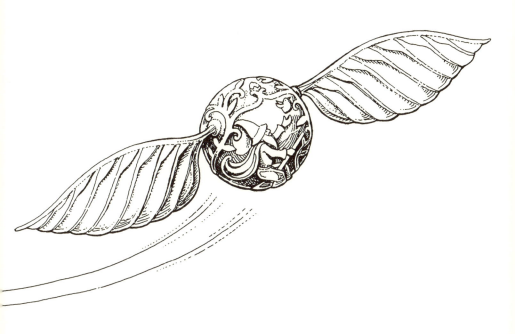

5

マグル対策

1398年、魔法使いザカリアス・マンプスが、初めてクィディッチの原則を詳しく規定した。その冒頭に、プレー中はマグル安全策を講じる必要があると強調している。「箒に乗って離陸した姿をマグルに見られないよう、マグル居住地から遠く離れた荒れ地を選ぶ。常設競技場を作る場合、『マグルよけ呪文』が有効である。さらに、夜間競技が望ましい」

　マンプス忠告はすばらしいものだったが、必ずしも守られていなかったと思われる。それは、1362年に魔法評議会が、町から50マイル（80キロ）以内でのクィディッチを禁止したことからもうかがえる。1368年にはその禁止令を改正し、町から100マイル（160キロ）以内での試合を禁止しているので、クィディッチの人気

が急速に高まっていたことが明らかである。1419年には、かの有名なクィディッチ競技禁止布告が出された。「わずかでもマグルが目撃する恐れのある場所では、競技を禁ずる。さもないと、地下牢に鎖でつながれたままでも試合できるかどうか、お手並みを拝見させていただく」

学生魔法使いなら誰でも知っているように、魔法使いの機密事項の中でも、我々が箒に乗るという秘密が一番バレ方が激しい。マグルの描く魔女の姿には、必ず箒が描かれている。これらの図はバカバカしいものであるが（マグルの描くような箒では、一瞬たりとも空中に浮かんでいられないだろう）、それにしても、我々が何世紀にもわたって不注意であったばかりに、マグルの頭の中で、箒と魔法がいかに切り離せないものになっているかがうかがえる。

適切な機密保持が施行されるようになったのは、1692年の国際魔法使い機密保持法により、各国の魔法省が、自分の管轄地域で行われた魔法スポーツについて、直接責任をとらなくてはならなくなってからである。その結果、イギリスでは、魔法省魔法ゲーム・スポーツ部

が創設された。魔法省の指針に違反したクィディッチ・チームは解散を余儀なくされた。一番有名な例は、スコットランドのバンコリー・バンガーズで、このチームは、クィディッチも下手で有名だったし、試合後のパーティ騒ぎでもよく知られていた。1814年、アップルビー・アローズ（第7章を参照）との試合後、バンガーズはブラッジャーを解き放ち、夜空に飛び去るのを放置したばかりでなく、ヘブリデス・ブラック種のドラゴンを捕まえてチームのマスコットにしようと出かけていった。バンガーズの選手がインバネスの上空を飛んでいるところを魔法省の役人が逮捕し、それ以来バンコリー・バンガーズはプレーしていない。

　今日では、クィディッチ・チームが地方でプレーすることはなくなり、魔法ゲーム・スポーツ部が設定した、適切なマグル安全対策がとられている競技場までおもむいて試合する。600年前にザカリアス・マンプスがいみじくも示唆したように、クィディッチ競技場は人里離れた荒れ地に置かれるのが最も安全である。

6

14世紀以降のクィディッチの変遷

競技場

　ザカリアス・マンプスの記述によれば、14世紀に見られた競技場は、楕円形で、長さ500フィート（150メートル）、幅80フィート（24メートル）で中央に直径2フィート（60センチ）の小さな円があった。マンプスによれば、審判は（その時代にはクィジャッジと呼ばれていたが）、選手14人が取り囲む中で、4つのボールを持って中央のサークルに入る。ボールが放たれた瞬間（クアッフルは審判が投げる。後述の「クアッフル」を参照）、選手は競って空中に飛び出す。マンプスの時代には、ゴールは図Cに見られるように、依然として支柱の上の大きなかごだった。1620年に書かれたクィンティ

ウス・ウンフラビルの著書、『魔法戦士の高貴なスポーツ』には、17世紀の競技場の図がのっている（図D参照）。ここにはスコア・エリアが加わっている（後述の「ルール」参照）。ゴールポストのかごはマンプスの時代と比較すると、かなり小さくなり、より高いところにすえつけられている。

　1883年にはゴール用バスケットが使われなくなり、今日使われているゴールポストになったが、この革新については、「日刊予言者新聞」に記事が掲載された（次頁参照）。クィディッチの競技場はその時代から変わっていない。

図C

バスケットを返せ！

こんなさけび声が、昨夜全国のクィディッチ選手からあがった。魔法ゲーム・スポーツ部が、何世紀もクィディッチのゴールに使われてきたバスケットを燃やすという決定を下したことが、明るみに出たからだ。

「燃やすわけではない。大げさな」意見を求められた魔法省代表は、いらいらした表情でそう語った。「お気づきのように、バスケットの大きさはまちまちです。バスケットの大きさを標準化して、イギリス中のゴールポストを同一にするのは不可能だとわかりましてね。おわかりいただけるでしょう。これは公正さの問題ですよ。つまりですね、バーントンの近くのチームの場合、相手チーム用のゴールに豆粒のようなバスケットを置いている。これじゃ、ブド

『魔法戦士の高貴なスポーツ』より

スコア・エリア

ボールを解き放つ
中央サークル

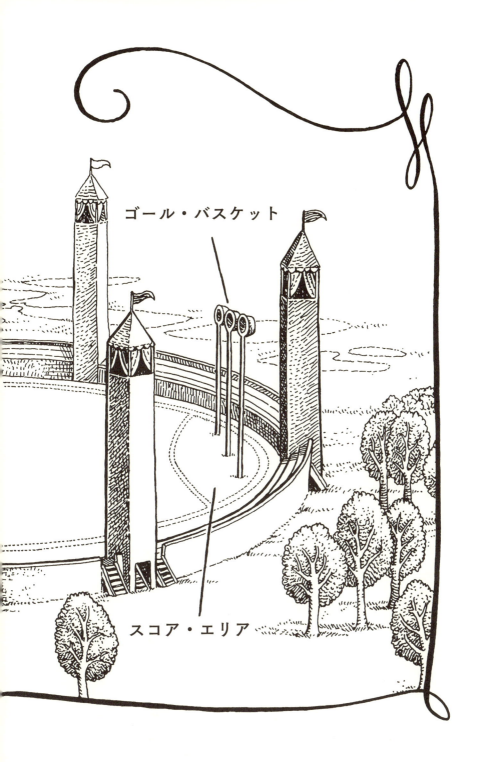

ウの粒だって入りゃしない。自分たちが入れるゴールには、巨大な柳編みの洞穴のようなのがぶらぶらしている。これはいただけませんよ。我々は一定の大きさの輪に落ち着いた。ただそれだけのことです。すべてすっきり、公正です」

　この時、集会場に集まったデモ隊が、怒って魔法省代表にむかってバスケットを雨あられと投げつけたので、代表は退去を余儀なくされた。そのあとに起こった暴動は、小鬼の扇動によるものだということが、あとで判明したものの、これまでのようなクィディッチは終わりを告げたとして、イギリス中のクィディッチ・ファンが今夜喪に服すであろうことはまちがいない。

「バスケットがねえんじゃ、今までとおんなじじゃねえ」リンゴのようなほおをした老魔法使いが悲しそうに語った。「若ぇころにゃ、試合中、冗談でバスケットに火ぃ

つけたもんだ。ゴールが輪っかじゃそいつ
ができねぇ。つまんなくなっちまった」

1883年2月12日付　日刊予言者新聞

～ ボール ～

[クアッフル]

　ガーティ・ケドルの日記でわかるように、クアッフル
は初期のころから革製だった。当初は4つのボールの中
で唯一、クアッフルだけには呪文がかけられておらず、
単なるつぎはぎの革ボールで、片手で捕まえて投げなけ

古代のクアッフル

現代のクアッフル

図E

ればならないので、しばしば革ひもがついていた（図E参照）。古いクアッフルには指穴がついたものもあった。1875年に「握り呪文」ができたことにより、革に呪文がかかり、何もなくとも、チェイサーはボールを握ることができるようになり、ひもや指穴などは不用になった。

　近代のクアッフルは直径12インチ（30センチ）で縫い目がない。1711年、豪雨のため、試合中にボールが地面に落ちると、泥にまぎれて見つからなくなるという経験をし、その年の冬に初めて紅く塗られた。チェイサーは、クアッフルを捕まえそこなうたびに地面まで急降下して拾わなければならないことに、だんだんいらだちを募らせるようになったので、色つきボールになってから間もなく、魔女のデイジー・ペニフォールドがクアッフルに魔法をかけ、ボールをとり落としても、ちょうど水の中に沈むときのように、ゆっくりと落下するようにした。つまり、チェイサーがクアッフルを空中で捕らえることができるようになった。この「ペニフォールド・クアッフル」は今でも使われている。

［ブラッジャー］

　初期のブラッジャー（ブラッダー）は、すでにおわかりのように、空飛ぶ岩だった。マンプスの時代には、岩をボールの形に削るというところまで進化したに過ぎない。しかしこれには重大な欠点があった。15世紀には、ビーターが魔法で強化されたバットを使ったので、ブラッジャーを砕いてしまう可能性があった。そうなると、そのあとは試合中ずっと、選手全員が空飛ぶ砂利に追いかけられることになっただろう。

　16世紀初頭から、クィディッチ・チームによっては金属製のブラッジャーを試験的に使いはじめたというのも、おそらくそういう理由からであろう。古代魔法遺物の専門家であるアガサ・チャップは、アイルランドの泥炭層やイギリスの湿地から、この時代のものと鑑定される鉛のブラッジャーを、少なくとも12個も発見している。「これは大砲の弾ではなく、ブラッジャーにちがいない」とチャップ女史は書いている。

　ビーターが使った魔法強化バットによる、わず

かなへこみが目視でき、(マグルではなく)魔法使いによって製造されたという、顕著な印を見ることができる——つまり、滑らかな形、完全な対称形だ。決め手となるのは、箱から放してやると、書斎をヒューヒュー飛び回り、私を床にたたきのめそうとしたことだ。

鉛は、結局やわらか過ぎてブラッジャーには向かないとされた(ブラッジャーに少しでもへこみが残ると、まっすぐ飛ぶ能力に問題が起こる)。現在ではブラッジャーはすべて鉄製である。直径は10インチ(25センチ)。

ブラッジャーには、どの選手も無差別に追いかけるように魔法がかけられている。放置すると、一番近くにいる選手を攻撃するので、ビーターの役目は、ブラッジャーをたたいて、自分のチームの選手からできるだけ遠くに飛ばすことである。

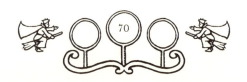

［黄金のスニッチ］

　黄金のスニッチは黄金のスニジェットと同様、クルミ大で、できるだけ捕まらないように魔法がかけられている。1884年、ボドミン荒地の試合では、半年も捕まらなかったという話が伝わっており、結局両チームとも、シーカーの下手さかげんに愛想をつかして試合を中止したということである。この地域をよく知るコーンウォール地方の魔法使いたちは、このスニッチが野生化して、いまだにこの地域に住んでいると主張するが、筆者はこれを確認することができなかった。

〜 選 手 〜

［キーパー］

　キーパーのポジションは、たしかに13世紀から存在しているが（第4章参照）、その役割は変化している。

　ザガリアス・マンプスによれば、キーパーとは、

　　クアッフルがバスケットに入るのを防ぐ役目で、
　　真っ先にゴールのバスケットまで戻らなければ

ならない。キーパーの留守に味方のバスケットにボールが入ることがないよう、キーパーは競技場の反対側のほうに出過ぎないように注意しなければならない。しかし飛ぶのが速いキーパーなら、自分が得点を上げてから味方のバスケットに引き返し、相手側が同様に得点するのを防ぐことができる。要はキーパー個人の良心に従えばよい。

　この記述から、マンプス時代のキーパーは、役目の1つ多いチェイサーのようなものだったことがわかる。競技場全体を飛び回り、得点を上げることもできた。
　クィンティウス・ウンフラビルが『魔法戦士の高貴なスポーツ』を著した1620年には、キーパーの役割は単純なものになっていた。競技場にスコア・エリアが決められ、キーパーはその内側にとどまって、味方のバスケットを守るのがよいとされた。ただし、相手のチェイサーを威嚇したり、早めに追い払うために、エリアの外に飛び出してもよいとされた。

［ビーター］

　ビーターの役割は、何世紀もの間ほとんど変わっていない。ブラッジャーが導入されて以来ずっとビーターは存在したようだ。第一の役割は、バット（かつての棍棒、第3章のグッドウィン・ニーンの手紙を参照）を使って、味方のチームの選手をブラッジャーから守ることである。ビーターは得点を上げる役になったことはなく、クアッフルを扱ったという記録もない。

　ビーターはブラッジャーを追い払うので、肉体的に相当頑健でなければならない。したがって、ほかのポジションとは異なり、魔女より魔法使いが担うことが多かった。また、時には両手を箒から放し、両手打ちでブラッジャーをたたかなければならないので、高度なバランス感覚が必要とされる。

［チェイサー］

　クィディッチがゴールで得点するだけのゲームだった時代があるので、チェイサーは一番古くからあるポジションである。チェイサーがクアッフルを投げ合い、

ゴールの輪のどれか1つに入れると10点獲得する。

　唯一大きな変化が起きたのは、ゴールのバスケットを輪に変更した翌年の、1884年のことだ。新しいルールができ、クアッフルを持ったチェイサー以外はスコア・エリアに入れなくなった。2人以上のチェイサーが入った場合には、ゴールすることが許されない。このルールは「打ちのめし作戦」を禁止するためで（後述の「反則」を参照）、この作戦は、スコア・エリアにチェイサーが2人入り、キーパーを襲って押しのけ、守る者のいなくなったゴールの輪を3人目のチェイサーが狙うというものである。この新ルールに対する反応を、当時の日刊予言者新聞は次のように報じている。

チェイサーは悪くない！

　イギリス中のクィディッチ・ファンが、驚いてこうさけんだ。魔法ゲーム・スポーツ部が昨夜、いわゆる「打ちのめし作戦ペナルティ」について発表したときのことだ。

「打ちのめし件数が増加している」魔法省代表は、昨夜、当惑した表情でこう語った。「キーパーが重傷を負う場面をあまりにも頻繁に目にしてきたが、新しいルールによってそれがなくなると考えている。今までチェイサーが3人がかりでキーパーをたたきのめしていたが、これからは1対1で、チェイサーがキーパーに対抗する。これで、より公明正大になるだろう」

ここまで述べたとき、怒った群集がクアッフルを投げつけはじめたので、代表は退去を余儀なくされた。魔法省警察部隊が到着し、魔法大臣を「打ちのめす」と脅していた群衆を追い散らした。

そばかすだらけの6歳の少年が、泣きながらその場を去った。

「僕、打ちのめしが大好きだった」少年は泣きじゃくりながら日刊予言者新聞の記者に語った。「僕もパパも、キーパーがペ

シャンコにされるのを見るのが好きなんだ。もうクィディッチなんか見たくない」

1884年6月22日付　日刊予言者新聞

[シーカー]

　通常最も軽量で速く飛べる者がシーカーになるが、目がきくことと、片手または両手を箒から離して飛ぶ能力が必要である。スニッチを捕まえれば、負け寸前の試合を逆転勝利に持ち込むことがしばしばあるので、シーカーは試合の結果に重大な役割を担っている。そのため、敵側に妨害されることもしばしばである。昔から最も飛び上手な者がシーカーになるので、華やかなポジションであるが、一番ひどいけがをするのもシーカーである。ブルータス・スクリムガー著『ビーターのバイブル』にある第一の法則は、「シーカーをやっつけろ」である。

ルール

　1750年、魔法ゲーム・スポーツ部の設立にあたり、

以下のルールを規定した。

1．試合中の選手の飛行について、高さに制限はないが、地上の競技場の境界線から外に出てはならない。選手が境界線を越えた場合、クアッフルは相手チームのものになる。

2．チームのキャプテンは、審判に合図をして、「タイム」を要求することができる。試合中、この時だけは、選手の足が地に着いてもよい。試合が12時間以上続いた場合、タイムは2時間まで延長できる。2時間たっても競技場に戻ってこなければ、そのチームは失格となる。

3．審判は、チームに対してペナルティを与えることができる。ペナルティ・スローをするチェイサーは、中央サークルからスコア・エリアに向かって飛ぶ。ペナルティ・スローの時は、相手チームのキーパー以外の選手は、ずっと後ろに下がっていなければならない。

4．ほかの選手が持っているクアッフルは奪い取ってもよいが、いかなる場合も、ほかのプレーヤーの体の

どの部分もつかんではならない。

5．負傷した場合でも、代わりの選手は出せない。そのチームは負傷した選手が欠場のまま試合を続行しなければならない。

6．競技中、杖を携帯してもよいが、*¹ どんな事情があろうとも、相手チームの選手、相手チームの選手の箒、レフリー、ボール、または観客に対して使用してはならない。

7．黄金のスニッチが捕獲されたとき、あるいは両チームのキャプテンが互いに合意したときのみ、クィディッチは試合終了となる。

＊1　杖を常時携帯する権利は、1692年、国際魔法使い連盟によって確立された。当時はマグルによる迫害が最高潮に達しており、魔法使いたちは身を隠すことを計画していた。

[反則]

　ルールは当然「破られるためにある」ものである。魔法ゲーム・スポーツ部の記録には700もの反則がのっているが、その全部が、1473年、第１回ワールドカップの優勝戦で行われたことが知られている。しかしながら、完全な反則リストは、魔法使い一般に公表されてはいない。リストを見た魔女、魔法使いたちが、そこから「ヒントを得る」かもしれない、というのが当局の見解である。

　本書執筆のための調査過程で、私は幸運にも、この反則に関する資料を見ることができた。そして、この資料を公開することによって得られる公共の利益は何もない、と確信するにいたった。反則の90％は、相手チームに対する杖の使用禁止令が守られているかぎりは、けっして起こりえないものだ（この禁止令は1538年に成立した）。残りの10％については、そのほとんどが、一番汚い手を使う選手でさえ思いつかないものだと言ってよい。たとえば、「敵の箒の尾に火をつける」、「敵の箒を棍棒で攻撃する」、「斧で相手を攻撃する」などである。とは

言え、現代のクィディッチ選手がけっしてルールを破らないわけではない。最も一般的な10の反則を次に記す。

それぞれの反則の正式なクィディッチ用語を一番左の欄に示す。

名称	該当ポジション	解説
ブラッギング	全選手	相手の箒の尾を捕まえて、速度を落とさせたり、じゃまをしたりする
ブラッチング	全選手	わざと衝突するつもりで飛ぶ
ブラーティング	全選手	相手をコースからはずれさせるため、敵の箒の柄をつかんで固定する
バンフィング	ビーターのみ	ブラッジャーを観客に向けて打ち込み、審判員が観客保護に駆けつけるために、試合が中断されるのが狙い。敵のチェイサーが得点するのを防ぐため、悪質な選手がときどき使う
コビング	全選手	相手の選手に対する過度なひじの使用
フラッキング	キーパーのみ	クアッフルをたたき出すため、体の一部をゴールの輪の中に入れること。キーパーは輪の後ろからではなく、前にいてゴールを守らなければならない
ハバーサッキング	チェイサーのみ	クアッフルを持ったまま、輪に手を突っ込む（クアッフルはゴールに投げ込まなければならない）
クアッフル -ポッキング	チェイサーのみ	クアッフルに細工する。たとえば穴を空けて早く落下する、またはジグザグに進むようにする
スニッチニップ	シーカー以外の全選手	シーカー以外の選手は、スニッチに触れてもつかんでもいけない
スツージング （打ちのめし）	チェイサーのみ	スコア・エリアに、一度に2人以上のチェイサーが突っ込むこと

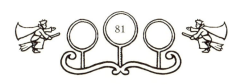

審判

　クィディッチの審判は、かつては最も勇敢な魔女、魔法使いのみの仕事だった。ザカリアス・マンプスによれば、シプリアン・ユーデルというノーフォーク州の審判が、1357年、地方の魔法使い同士の友好的な試合中に死亡した。呪いの張本人はついに捕まらなかったが、観衆の1人だったと思われる。それ以後、確認された審判殺しはないものの、数世紀にわたり、箒に細工をしたことによる事故が何度かあった。最も危険なのは、審判の箒をポートキー（移動用キー）に替えてしまうもので、審判が試合の途中でさらわれ、数か月後に、サハラ砂漠にポッと現われるという類の事故である。魔法ゲーム・スポーツ部が、選手の箒に関する安全基準に関する厳しい指針を設定したので、今ではこの手の事故は、ありがたいことに極めて稀である。

　有能なクィディッチ審判は、飛ぶのがうまいというだけでは不充分である。14人の選手のとっぴな行為を一度に監視しなければならず、そのため、審判にありがち

なけがの筆頭は首のねんざである。

　プロの試合では、主審を助ける審判員が数人、競技場の境界線の周囲に立ち、選手もボールも境界線の外に出ないよう監視する。

　イギリスでは、クィディッチ審判は魔法ゲーム・スポーツ部によって選ばれる。厳しい飛行テストと、クィディッチのルールについての苛酷な筆記テストを受けたあと、一連の集中実技テストを受け、どんなにプレッシャーがかかっても、生意気なプレーヤーに呪いをかけたりしないことを証明しなければならない。

7

イギリスとアイルランドの
クィディッチ・チーム

クィディッチをマグルの目から隠しておく必要があるということで、魔法ゲーム・スポーツ部は、年間試合数を制限しなくてはならなかった。一定のガイドラインさえ守れば、アマチュアの試合は許可されるが、1674年のクィディッチ・リーグ設立以来、プロのクィディッチ・チームの数は制限されてきた。当時、イギリスおよびアイルランドの上位13のチームが選ばれてリーグに入り、ほかのチームは解散させられた。この13チームが、毎年、リーグ杯を目指して競っている。

アップルビー・アローズ
　イギリス北部のこのチームは、1612年に結成された。ローブは薄い

ブルーで、鮮やかな銀色の矢が描かれている。アローズのファンならみな同じ思いだが、1932年、当時ヨーロッパ・チャンピオンだったヴラトサ・ヴァルチャーズを、濃霧と雨の悪条件の中、16日間におよぶ戦いの末に打ち破ったあの試合こそ、このチームの最も輝ける時だった。チェイサーが得点するたびに、杖から空中めがけて矢を放つのが、ファン・クラブの昔からのならわしだったが、その矢の一本が審判のニュージェント・ポッツの鼻を貫通するというアクシデントがあり、1894年、魔法ゲーム・スポーツ部はこの習慣を禁止した。アローズとウィムボーン・ワスプス（後述）とは、長年、宿命のライバルである。

バリキャッスル・バッツ

北アイルランドの名門中の名門チームで、今日までリーグ杯を27回獲得している。これはリーグ史上、2番目の快挙である。バッツは胸に真っ赤なコウモリ（バット）をつけた黒のローブを着る。有名なチーム・マスコット、大

コウモリのバーニーは、バタービールの広告に登場することでもよく知られている。(バーニーも言ってるよ「コウモリもコロッとはまるバタービール！」)

ケアフィリー・カタパルツ

1402年、ウェールズに設立されたカタパルツは、明るい緑と紅の縦縞のローブを着る。チームの栄えある歴史には、18回のリーグ優勝と、1956年、ノルウェーのカラシオック・カイツを破った有名なヨーロッパ杯優勝戦などがある。最も有名な選手だった「危険な野郎」ダイ・ルウェリンが、ギリシャのミコノスでの休暇中に、キメラに食われて悲劇的な死を遂げたときは、ウェールズ中の魔女、魔法使いが一日喪に服した。「危険な野郎ダイ記念メダル」は、毎年シーズンの終わりに、その年のリーグ試合中に最も無鉄砲で、はらはらする危険を犯した選手に授与される。

チャドリー・キャノンズ

　チャドリー・キャノンズの輝かしい日々は過ぎ去ったと考える者が多い。だが熱烈なファンは、今もその復活を夢見ている。キャノンズは21回リーグ優勝しているが、最後に勝ったのは1892年で、それ以後の一世紀にわたる成績はパッとしない。チャドリー・キャノンズのローブは、燃えるようなオレンジ色で、アルファベットのCを2つ組み合わせた文字と、風を切って飛ぶ砲丸が黒々と描かれている。チームのモットーは「勝つぞ」だったが、1972年に「祈ろう、なにとぞうまくいきますように」に変わった。

ファルマス・ファルコンズ

　ファルコンズのローブはダークグレーと白で、胸にはファルコン（鷹）の頭の紋章がついている。ファルコンズは荒っぽい試合ぶりで知られており、世界的に有名なビーターコンビ、ケビンとカール・ブロードムアの存在が、その

評判を定着させた。2人は1958年から69年まで在籍してプレーし、その不埒な行為で、魔法ゲーム・スポーツ部から14回も出場停止をくらっている。チームのモットーは「勝とう。ダメなら、相手の頭を2つ3つかち割ろう」。

ホリヘッド・ハーピーズ

　ホリヘッド・ハーピーズは由緒あるウェールズのチームだが（1203年設立）、世界のクィディッチ・チームの中でもとくにユニークで、魔女しか採用しない。ハーピーズのローブはダークグリーンで、胸に金色の鉤爪がある。1953年、ハイデルベルグ・ハリヤーズ戦での勝利は、クィディッチ史上最も見ごたえのある試合の1つだったと広く認められている。7日間の激戦の末、試合に決着をつけたのは、ハーピーズのシーカー、グリニス・グリフィスの目の覚めるようなスニッチ捕獲だった。

　ハリヤーズのキャプテン、ルドルフ・ブランドが、試合終了後、箒から降りるなり、敵であるハーピーズのキャプテン、グエンドリン・モーガンに結婚を申し込んだが、彼女のクリーンスイープ5号で殴られ、脳しんとうを起こしたというのは有名な話である。

ケンメアー・ケストレルズ

　1291年に設立された、このアイルラ

ンドのチームは、マスコットであるレプラコーンの元気のよい応援ぶりと、応援団による見事なハープ演奏で、世界的に人気がある。胸に黄色のKの文字が背中合わせに並んでいる、エメラルドグリーンのローブを着用。

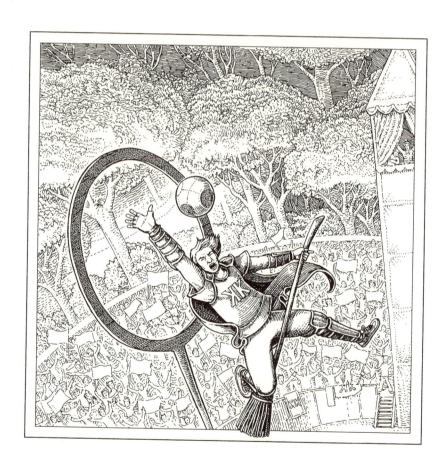

1947〜60年にケストレルズのキーパーだったダレン・オヘアは、アイルランド・ナショナル・チームのキャプテンを3度務め、「チェイサー・ホークスヘッド攻撃フォーメーション」（第10章参照）を作り出した功績がある。

モントローズ・マグパイズ

マグパイズは、イギリス・アイルランドのリーグ史上、最も好成績を残したチームで、リーグ優勝32回を果たした。ヨーロッパ・チャンピオンに2度輝き、地球上いたる所にファンを持つ。数多くの傑出した選手を出したが、たとえば、シーカーのユニス・マレー（1942年没）は、「これじゃ、簡単すぎる。もっと高速のスニッチを」と要請したことがある。また、ヘーミッシュ・マックファーレン（1957〜68年のキャプテン）は、クィディッチ選手として成功したあと、魔法ゲーム・スポーツ部部長としても、同じく輝かしいキャリアを重ねた。胸と背中に1羽ずつマグパイ（かささぎ）の絵がついた白と黒

のローブを着用。

プライド・オブ・ポーツリー

このチームはスカイ島生まれで、1292年に設立。ファンの間では「ザ・プライズ（誇り高き者）」として知られ、胸に金色の星のついた深紫のローブを着る。中でも最も有名なチェイサー、カトリオーナ・マコーマックは、1960年代、キャプテンとして2度のリーグ優勝を果たし、スコットランド・チーム選手として36回出場した。現在、娘のミーガンがチームのキーパーを務める（息子のカーリーは、人気魔法バンド「ザ・ウィアード・シスターズ」のリード・ギタリスト）。

パドルミア・ユナイテッド

1163年に結成されたパドルミア・ユナイテッドは、リーグ中、最も古いチームである。パドルミアは22回のリーグ優勝と、2度のヨーロッパ杯獲得を誇る。チー

ムの応援歌である「たたきかえせよ、ブラッジャー。見事入れろよ、クアッフル」は、聖マンゴ魔法疾患傷害病院の寄付集めのため、人気魔女歌手のセレスティナ・ワーベックによってレコーディングされた。パドルミアの選手が着るローブは、ネイビーブルーに金色のパピルス2本が交差した紋章がついている。

タッツヒル・トルネードーズ

トルネードーズは、胸と背中に濃いブルーでTTと頭文字が入った空色のローブを着ている。1520年に結成され、20世紀初頭、シーカーのロデリック・プランプトンがキャプテンのときが絶頂期だった。リーグ杯5回連続優勝を果たし、イギリス・アイルランドの新記録を打ち立てた。ロデリック・プランプトンはイングランド・ナショナル・チームのシーカーを22回務め、イギリスにおけるスニッチ捕獲時間の最短記録保持者である（試合開始後3.5秒。1921年、対ケアフィリー・カタパルツ戦）。

ウィグタウン・ワンダラーズ

スコットランド、ボーダーズ州のこのチームは、ウォルター・パーキンという名の魔法使い肉屋の7人の子供たちによって、1422年に設立された。4人兄弟、3人姉妹のチームは、あらゆる意味で恐るべきチームで、ほとんど負け知らずだった。父親のウォルターが、片手に杖を、もう一方の手に肉切り包丁を持ってサイドラインに立つ姿を見て、相手チームが恐れをなしたためとも言われている。以後何世紀にもわたり、ウィグタウン・チームにパーキン家の子孫をよく見かける。創立者への敬意を表し、選手は胸に銀色の肉切り包丁のついた、血のように赤いローブを着ている。

ウィムボーン・ワスプス

ウィムボーン・ワスプスは、胸にスズメバチのついた黄色と黒の横縞のローブを身につける。1312年に設立されたチームで、リーグ優勝18回、ヨーロッパ杯では

QUIDDITCH TEAMS O[F]

BRITAIN AND IRELAND

BRITISH AND IRISH QUIDDITCH LEAGUE
SINCE 1674

2度、準決勝に進んでいる。チーム名は、17世紀の中ごろ、アップルビー・アローズとの試合中に起こった、いやな出来事に由来していると言われる。競技場の端にある木のそばを飛んでいたビーターが、枝の間にスズメバチの巣を見つけ、それをアローズのシーカーめがけて打ち込んだ。さんざんスズメバチに刺されたアローズのシーカーは、退場を余儀なくされた。ウィムボーンが勝ち、以後、スズメバチは幸運を呼ぶ紋章として採用された。ワスプスのファン（「刺し屋」とも言われる）は、敵のチェイサーのペナルティ・スローのとき、気をそらそうとしてブンブン騒ぐのが伝統のお家芸である。

8

クィディッチの世界的普及

～ ヨーロッパ ～

　アイルランドでは、14世紀にはすでにクィディッチは定着していた。それは1385年の試合に関するザカリアス・マンプスの記述により証明されている。

　魔法戦士のチームが、ランカシャーでの試合に臨むため、アイルランドのコーク州から飛んできた。そして、地元のヒーローたちをものの見事にやっつけてしまったので、土地の人たちはカンカンだった。アイルランド人たちは、ランカシャーではそれまで見たこともないクアッフルの技を知っていたのだ。群集が杖を取り出し

せまってきたので、魔法戦士たちは、命からがら村から逃げ出さなければならなかった。

さまざまな資料を見ると、クィディッチが、15世紀の初頭までにはヨーロッパの各地に広がっていたことがわかる。ノルウェーがごく早い時期にクィディッチに傾倒していたこともわかっている（この地に持ち込んだのは、グッドウィン・ニーンのいとこオラフか？）。なぜなら、1400年代初めに、短長格詩人インゴルファが次のような詩を書いているからだ。

おお空高く、我は飛び、
スリルに満たされ、追いかける
スニッチは、我が前を飛び、
風は髪をなびかせる
我、スニッチに近づかば、
群集はさけぶ、ワーワーと
しかしその時ブラッジャー、
来たりて我はノックアウト

だいたい同じころ、フランスの魔法使いマレクリーの劇「ああ、わが足は変身せり」に次のようなくだりがある。

　　グルヌーユ　「クラポー、僕、今日は君と一緒に市場に行けないよ」
　　クラポー　　「グルヌーユ、私一人では、牛をかついでいくことなんかできなわ」
　　グルヌーユ　「だって、クラポー。今朝、僕、キーパーをするんだ。僕がクアッフルを止めなきゃ、誰が止めるんだい？」

1473年には、史上初のクィディッチ・ワールドカップが開催されたが、代表チームを送ったのはヨーロッパ勢だけだった。遠方の国が参加しなかったのは、招待状を携えたふくろうが、途中でダウンしてしまったか、ま

たは招待者たち自身、危険な長旅は気が進まなかったとか、あるいはたぶん、単に家でゆっくりしていたかったというところであろう。

　決勝戦、トランシルバニア対フランダースの試合は、あとにも先にも例のない激しさで、歴史的な語り草になっている。その試合で記録された反則の数々は、それまでに見たこともないものだった。たとえば、チェイサーがスカンクに変身させられたり、キーパーの首を段

平(幅の広い刀)で切り落とそうとしたり、吸血鬼の国トランシルバニアのチームは、キャプテンのローブの下から100匹の吸血コウモリを放ったりした。

　以後、ワールドカップは4年に1度開催されているが、ヨーロッパ以外のチームが参加したのは17世紀になってからだった。1652年には、ヨーロッパ杯が設立され、以来3年ごとに開催されている。

　ヨーロッパの数ある強豪の中でも、ブルガリアの**ヴサトラ・ヴァルチャーズ**が最も有名だろう。ヨーロッパ杯を7度勝ち取ったヴサトラ・ヴァルチャーズは、観戦していて最もはらはらさせられるチームの1つであることはまちがいない。ロング・ゴール(スコア・エリアからずっと離れたところからシュートする)を始めたのもこのチームだし、新人選手個人として名を挙げるチャンスを、常に積極的に与えている。

　フランスでは、リーグ杯優勝チームとしてひんぱんに登場する**クィベロン・クアッフルパンチャーズ**が、その派手なプレーと、ショッキング・ピンクのローブで有名である。

ドイツでは、**ハイデルベルグ・ハリヤーズ**が挙げられる。アイルランドのキャプテン、ダレン・オヘアがこのチームを称して、いみじくも言った。「ドラゴンよりも獰猛で、賢さはドラゴンの２倍」。ルクセンブルグもクィディッチ強豪国で、**ビゴンビル・ボンバーズ**を生んだ。攻めの作戦で名をはせ、常に高得点を上げるチームの１つである。ポルトガルのチーム、**ブラガ・ブルームフリート**は、ビーターをマークする画期的な作戦を引っさげ、近年めきめき頭角を現わし、トップレベルに加わった。ポーランドの**グロジスク・ゴブリンズ**は、議論の余地もあるが、世界一との評判もある革新的シーカー、ヨセフ・ウロンスキーを輩出した。

～ オーストラリアとニュージーランド ～

クィディッチがニュージーランドに伝わったのは17世紀で、ヨーロッパの薬草学者グループが、魔法植物や、カビ、キノコなどの菌類を調査するために遠征した時だと伝えられる。１日中標本を集め、長時間骨の折れる作業を終えたあと、魔女、魔法使いたちは、気晴らしに

クィディッチに興じ、かの地の魔法社会の人々は、それを呆然と見守っていたという話だ。マオリ族の当時の美術品には、白人の魔法使いがクィディッチをしているところがはっきりと描かれているものがあり、ニュージーランド魔法省は、たしかにかなりの金と時間をかけて、マグルがそのようなマオリ族の美術品を入手するのを防いだ（これらの彫刻や絵画は、現在、ウェリントンの魔法省に飾られている）。

クィディッチがオーストラリアに広がっていったのは、18世紀のどこかの時期だと思われる。クィディッチ競技場をつくれそうな、広大な無人の奥地が広がるオーストラリアは、クィディッチには理想的な土地柄だと言えよう。

オーストラリア、ニュージーランドのチームは、そのスピードとショーマンシップで、常にヨーロッパの観衆を魅了してきた。最強チームの1つである**モウトホーラ・マカウズ**（ニュージーランド）は、赤、青、黄色のユニフォームと、マスコットの不死鳥スパーキーで有名である。20世紀の大半、オーストラリア・リーグに君

臨してきたのは、**サンデララ・サンダラーズ**と**ウロンゴング・ワリヤーズ**である。この2チームの敵対心は、オーストラリアの魔法社会の中では伝説的である。誰かが無理な主張をしたり、ホラ話をしたとき、「僕がそんな話を信じるくらいのバカなら、次のサンダラーズ対ワリヤーズの試合の審判を買って出るだろうよ」と言い返すことからも、両チームの敵対意識の激しさがわかる。

アフリカ

アフリカ大陸に箒をもたらしたのは、おそらく錬金術や天文学などに関する情報を求めてアフリカに旅した魔女、魔法使いたちであろう。こうした分野にかけては、アフリカの魔法使いが昔からとくに優れた手腕を持っていた。クィディッチは、まだヨーロッパほど広く普及してはいないが、アフリカ大陸全土で人気が高まりつつある。

とくにウガンダは、クィディッチ熱の高い国として頭角を現わしてきた。最も傑出したチームは、**パトンガ・プラウドスティックス**で、1986年、モントローズ・マ

グパイズと引き分けに持ち込んで、世界中のクィディッチ関係者を驚かせた。最近のワールドカップのウガンダ代表選手に、プラウドスティックスの選手が6人も選ばれたが、ナショナル・チームに同じチームからこれほど多くの選手が選ばれるのは初めてのことだ。ほかに特筆すべきアフリカのチームは次のとおり。**チャンバ・チャーマーズ（トーゴ）**は、バックパスの名手ぞろいである。**ジンビ・ジャイアント・スレイアーズ（エチオピア）**は、2度の全アフリカ杯優勝を誇る。**サンバワンガ・サンレイズ（タンザニア）**は、編隊を組んで旋回するプレーが世界中の観衆を沸かせ、非常に人気がある。

北アメリカ

　クィディッチが北アメリカ大陸に伝わったのは17世紀の初めだったが、不幸にして、当時のヨーロッパの激烈な反魔法感情も同時に輸出されたため、北アメリカに根を下ろすまでには時間がかかった。魔法使い入植者は、新世界が、魔法に対して偏見の少ない土地であることを望んで渡ってきた者が多く、何事にも慎重であったため、

入植初期の時代には、クィディッチの普及に歯止めがかかっていた。
　しかし、時がたつにつれ、カナダから熟達したクィディッチ・チームがいくつか現われた。**ムース・ジョー・メテオライツ、ヘイリベリ・ハンマーズとストーンウォール・ストーマーズ**だ。メテオライツは勝利試合後の凱旋飛行で、箒の尾から火の粉をまき散らしながら、近隣の町や村の上空を飛び回るパフォーマンスをくり返したせいで、1970年代には危うく解散させられそうになった。現在、このチームの伝統は、試合終了後の競技場内だけにかぎって行われ、その結果、メテオライツの試合は、魔法使い観光客に人気の名物となっている。
　アメリカ合衆国からは、ほかの国のように数多くの国際級のチームが出ていない。というのも、アメリカにはクォドポットという箒ゲームのライバルがあった。クィディッチの変形であるクォドポットは、18世紀の魔法使い、アブラハム・ピースグッドによって考案された。クィディッチ・チームを編成するつもりで、ピースグッ

ドは祖国からクアッフルを持ってやってきた。伝えられるところによれば、そのクアッフルが、トランクの中で偶然杖の先に触れてしまい、ピースグッドがクアッフルを取り出して、いつものように何気なく投げようとしたところ、顔の真ん前で爆発してしまった。ユーモアのセンス抜群の彼は、めげるどころか、同じ効果を再現しようと、次々と革のボールで試しはじめた。そうこうするうちに、クィディッチのことなど忘れ果て、「クォド」と命名した爆発特性を持つボールを中心に、仲間と共に１つのゲームを発展させたという。

　クォドポットは１チーム11人の選手で構成される。変形クアッフルであるクォドを投げ合い、爆発する前に競技場の端にある「ポット」に入れようとする。クォドが爆発したとき、それを持っていた選手は退場しなければならない。クォドが無事「ポット」（クォドの爆発を防ぐ溶液の入った小さな鍋）に納まると、入れたチームが得点し、新しいクォドが試合に投入される。クォドポットは、ヨーロッパでもマイナーなスポーツとしてある程度の広がりはあったが、大多数の魔法使いは、クィ

ディッチに忠実だった。

　ライバルであるクォドポットの魅力にもかかわらず、クィディッチはアメリカでも人気を博しつつある。近年、2つのチームが国際級に伸し上がってきた。テキサスの**スィートウォーター・オールスターズ**は、1993年、5日間にわたるスリルに満ちた戦いの末、クィベロン・クアッフルパンチャーズを破ったが、実力からしてこの勝利は当然と評価された。マサチューセッツの**フィッチバーグ・フィンチズ**は、現在までにUSリーグで7回優勝し、シーカーのマキシマス・ブランコビッチⅢ世は、直近のワールドカップで、アメリカ・ナショナル・チームのキャプテンを連続2回務めた。

南アメリカ

　クィディッチは南アメリカ全域に広がっているが、北アメリカ同様、人気の高いクォドポットと競争しなければならない。前世紀には、アルゼンチンとブラジルがワールドカップの準々決勝に進出している。南アメリカで最もクィディッチの技術が高いのは、ペルーであるこ

とはまちがいない。今後10年以内に、ラテン・アメリカ諸国の中で最初のワールドカップ優勝者になるだろうとうわさされている。ペルーの魔法戦士が初めてクィディッチに触れたのは、バイパーツース（ペルー原産のドラゴン）の生息数を調べるため、国際連盟から派遣されたヨーロッパの魔法使いを通してであったと思われる。それ以来、ペルーの魔法使い社会は、クィディッチにすっかりとりつかれてしまったのだ。ペルーで最も有名なチーム、**タラポト・ツリースキマーズ**は、近年ヨーロッパ遠征し、絶賛された。

〜 アジア 〜

　東洋では、クィディッチは大きな人気を得たことがない。旅行の手段として、今でもじゅうたんが好まれる国々では、空飛ぶ箒がめったにないからである。インド、パキスタン、バングラデシュ、イラン、モンゴルなどの国は、空飛ぶじゅうたん産業が盛んなので、そうした国の魔法省は、クィディッチを疑いの目で見ている。しかし、普通の魔女、魔法使いの中には、かなりファンがいる。

　この一般論が当てはまらないのが日本で、過去1世紀の間に、クィディッチは着実に人気を上げてきた。最強チームは**トヨハシ・テング**（豊橋天狗）で、1994年、リトアニアのゴロドク・ガーゴイルズに惜しくも破れた。しかし、負け戦の儀式に、自らの箒を焼き払う習慣は、せっかくの木材をむだにするものだと、国際魔法使い連盟クィディッチ委員会が難色を示している。

9

競技用箒の発達

19世紀の初期まで、クィディッチに使われた箒は、品質もまちまちな家庭用箒だった。中世に使われた前代の箒に比べれば、格段の進歩が見られ、1820年、エリオット・スメスウィックの発明したクッションの呪文は、箒の乗り心地改善に大いに寄与した（図F参照）。とはいえ、19世紀の箒は、一般的に高速を出すことができず、高いところではコントロールが難しいことが多かった。

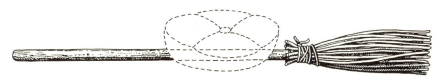

クッションの呪文（見えない座布団）効果

図F

箒は箒職人の手作業で作られることが多く、スタイルや工芸的な面からは実に見事なものであったが、その性能が見た目の美しさに匹敵することはめったになかった。

そのよい例が**オークシャフト79**（最初の作品が1879年に作られたことにちなむ命名）で、ポーツマスの箒職人、エリアス・グリムストーンによって作られた。オークシャフトとは、太いオーク（樫）の柄を持ち、すっきりと美しい箒で、耐久飛行用に、強い風にも負けないように設計された。オークシャフトは、今や時代物の箒として珍重されているが、クィディッチ用に使おうとする試みはついぞ成功しなかった。スピードが出るとターンがもたつき、安全性より敏捷さを重んずる人にはあまり人気がなかった。しかし、1935年、ジョコンダ・サイクスによる初の大西洋横断に使われた箒として、記憶に残るだろう（それ以前は、それだけの長距離となれば、魔法使いたちは箒を頼らず、むしろ船に乗るほうを選んだ。長距離移動になると「姿あらわし術」はますます当てにならないので、高度な術を持つ魔法使いでなければ、この術で大陸横断を試みるのは賢明とは言えない）。

グラディス・ブースビイによって1901年に最初に作られた**ムーントリマー**は、箒作りに飛躍的な進歩をもたらし、それからしばらくの間、このほっそりしたアッシュ（トネリコ）の柄を持つ箒は、クィディッチ用箒として引っ張りだこであった。ムーントリマーがほかの箒に勝っていたのは、なんといっても、それまでに出せなかった高度での飛行を可能にした点である（しかも、その高さでもコントロールが可能だった）。グラディス・ブースビイはクィディッチ選手の熱狂的需要に応える数のムーントリマーを製造することができなかった。新しい箒、**シルバーアロー**の製造が歓迎されたが、これこそ本当の意味で競技用箒の先駆けと言えるだろう。ムーントリマーやオークシャフトよりずっとスピードが出た（追い風に乗れば、最高時速70マイル──約112キロ）。しかし、ほかの箒と同様、1人の魔法使い（レオナード・ジュークス）の手によるものだったので、需要が供給をはるかに上回っていた。

突破口を開いたのは、オラートン家の3兄弟、ボブ、ビル、バーナビーで、1926年、クリーンスイープ箒製

造会社が設立された。最初のモデル、**クリーンスイープ1号**は、かつてないほど大量に製造され、スポーツ用品として特別にデザインされた競技用箒が市場に出回った。クリーンスイープは、コーナリングのすばらしさがこれまでの箒の比ではなく、爆発的な人気を呼んだ。1年もたたないうちに、国中のクィディッチ選手はすべてクリーンスイープにまたがっていた。

　しかし、オラートン兄弟の競技用箒市場での独占的地位は長くは続かなかった。1929年には、ファルマス・ファルコンズのプレイヤーでもある、ランドルフ・キーチとバジル・ホートンによって、2つ目の競技用箒会社が設立された。コメット商事の最初の箒は、**コメット140**で、この140という数は、キーチとホートンが発売までにテストしたモデルの数を表している。ホートン・キーチ制御術は、特許になっており、クィディッチ・プレーヤーがゴールを飛び越えてしまったり、場外に飛び出したりするのを防いでくれる。その結果、今やコメットは、イギリスやアイルランドの多くのチームのお気に入り箒となった。

クリーンスイープ対コメット競争がしのぎを削る中、改良型クリーンスイープ2号、3号が、それぞれ1934年、1937年に、コメット180が1938年に発売されたが、その間、別の箒製造業者がヨーロッパ中に次々と現われた。

　1940年、**ティンダーブラスト**が市場に姿を見せた。ブラック・フォーレストにあるエラビー・アンド・スパドモア社が製造したティンダーブラストは、コメットやクリーンスイープほどの最高速度は出なかったが、非常にバネのある箒だった。1952年、エラビー・アンド・スパドモア社は新型モデル、**スイフトスティック**を発表した。これはティンダーブラストより速かったが、上昇時にパワーを失う傾向があったので、クィディッチのプロ・チームに採用されることはなかった。

　1955年、ユニバーサル箒株式会社が**シューティング・スター**（流れ星）を発表した。今までで最も安い競技用箒だ。残念ながら、初期の大ブームの後に、シューティング・スターは年月とともにスピードも高さも落ちてくることがわかり、ユニバーサル箒会社は、1978年倒産

競技用箒の発達

オークシャフト79 ―1879

クリーンスイープ1号 ―1926

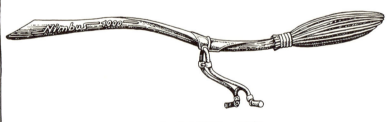

ニンバス1000 ―1967

した。

　1967年、ニンバス競技用箒会社の発足により、箒業界がにわかに活気づいた。**ニンバス1000**は、それまで見たことのない箒だった。最高時速100マイル（160キロ）に達し、空中に停止したまま360度の回転が可能で、ニンバスは昔のオークシャフト79の信頼性と、最高級クリーンスイープの扱いやすさを兼ね備えていた。ニンバスはたちまちヨーロッパ中のクィディッチ・プロ・チームのお気に入りとなり、後続モデル（1001、1500、1700）は、ニンバス競技用箒会社の業界トップの座をゆるぎないものにした。

　ツィガー90は1990年から生産され、メーカーのフライト・アンド・バーカー社は、マーケット・リーダーのニンバスにとって代わろうと目論んでいた。高級仕上げに加えて、「ホイッスル警報」内蔵、自動姿勢矯正ブラシなど、いくつかの新しい仕掛けがあったにもかかわらず、ツィガーは高速を出すと反ってしまうことが発覚し、常識よりガリオン金貨に物を言わせる魔法使いが乗る箒だ、というかんばしくない評判をとってしまった。

10

今日のクィディッチ

クィディッチというスポーツは、いつの時代にも世界中の多くのファンをハラハラ、ドキドキさせ続けてきた。現在では、クィディッチ試合の切符を買えば、熟練の飛行者の間でくり広げられる、高度な技のせめぎ合いを堪能できることうけ合いだ（もっとも、試合開始後5分以内にスニッチが捕まってしまえばそのかぎりではない。この場合は、みんななんだか損をしたような気がする）。自分自身とゲームの限界に挑戦しようと燃えた魔女、魔法使いたちが、クィディッチの長い歴史の間に編み出した難しい技の数々を見れば、技のせめぎ合いというのも納得できるだろう。

ブラッジャー逆手打ち

ビーターがブラッジャーを打つとき、バックハンドで棍棒を振り、ブラッジャーを前方にではなく後方に打つこと。正確に打つのは難しいが、敵を攪乱するには効果的。

ドップルビーター防衛

2人のビーターが同時に1つのブラッジャーを打つことで勢いをつけ、ブラッジャー攻撃がいっそう強烈になる。

ダブル8の字ループ

相手側がペナルティを取ったときによく用いられるキーパーの守備法。キーパーは3つのゴールの輪の周りを猛スピードで飛び回り、クアッフルをブロックする。

ホークスヘッド攻撃フォーメーション

3人のチェイサーが矢じりの形を組み、ゴールめがけて一緒に飛ぶ。敵に恐怖を与え、ほかの選手をけ散らす

のに、極めて効果的。

パーキン挟み

ウィグタウン・ワンダラーズ設立メンバーたちが編み出したといわれ、その名にちなんで命名された動き。敵のチェイサーの1人を、味方のチェイサー2人が両側から挟み撃ちにし、3人目のチェイサーが挟まれたチェイサーに向かって正面から突っ込んでいく。

プランプトン・パス

シーカーの動き。うっかり曲がって飛んだように見せかけて、スニッチをそですくい取る。ロデリック・プランプトンにちなんで命名された。タッツヒル・トルネードーズのシーカーであるプランプトンは、1921年、かの有名な記録的スニッチ早捕りを、この動きを用いて成し遂げた。あれは偶然のなせる技だったのではないかと言う解説者もいるが、プランプトンはあれは意図してやったことだと死ぬまで言い張った。

ポルスコフの計略

　クアッフルを持ったチェイサーが上昇飛行し、相手方チェイサーには、敵をかわしてゴールするように思わせておきながら、下のほうで待ちうけているもう1人の味方のチェイサーにクアッフルを投げわたす。正確無比なタイミングが鍵になる。ロシアのチェイサー、ペトロバ・ポルスコフの名にちなんでこう呼ぶ。

逆パス

　チェイサーが肩越しに、背後の味方の選手にクアッフルを投げる。正確に投げるのは難しい。

図G

なまけもの型グリップ・ロール

　ブラッジャーをよけるため、手と足とでしっかり箒を握りながら、箒から逆さまにぶら下がる。

ヒトデとスティック
<small>スターフィッシュ</small>

　キーパーの防御技。キーパーが片手、片足を箒の柄に巻きつけるようにして、箒を水平に保ち、両手足を思い切り伸ばす（図G参照）。箒なしではけっして試してはならない。

トランシルバニア・タックル

　1473年のワールドカップで初めて目撃された。鼻にパンチをお見舞いするふりをする。実際に接触がないかぎり、この動きは違反ではないが、両者とも猛スピードの箒に乗っているので、この技をうまくやってのけるの

は難しい。

ウロンゴング・シミー

オーストラリアのウロンゴング・ワリヤーズによって完成された。相手方チェイサーを振り切るための猛スピードのジグザグ動き。

ウロンスキー・フェイント

シーカーがはるか下方にスニッチを見つけたふりをして、地上に向かって急降下するが、競技場の地面にヒットする寸前に上昇に転じる。敵のシーカーにまねをさせておいて、地上に激突するよう仕向ける作戦。ポーランドのシーカー、ヨセフ・ウロンスキーにちなんで命名された。

　ガーティ・ケドルがクィアディッチの湿原で「例のバカども」を最初に見たときから、クィディッチが昔の面影をとどめないまでに様変わりしてきたことは明らかだ。今日ガーティ・ケドルが生きていたら、あの彼女でさえ、クィディッチの持つ詩と力に身震いしたにちがいない。クィディッチが今後ますますの発展を続けんことを！未来の魔女、魔法使いたちが、末永く、この最も栄えあるスポーツを楽しまれんことを！

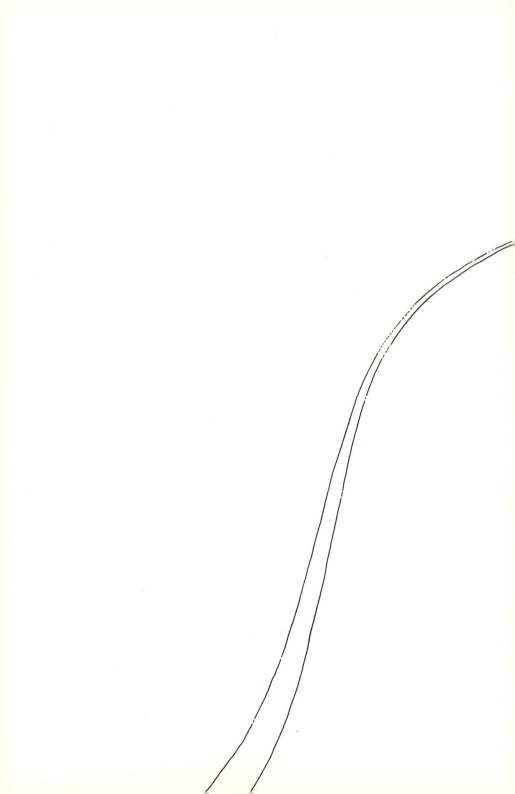

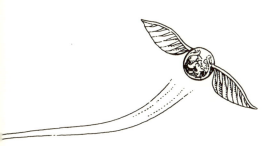

著者について

ケニルワージー・ウィスプはクィディッチ専門家（しかも、著者自身によれば、熱狂的ファン）として有名である。クィディッチ関係の著作としては、『奇跡のウィグタウン・ワンダラーズ』『飛ぶときゃ飛ばすぜ（「危険な野郎」ダイ・ルウェリンの伝記）』『ブラッジャーをぶっ飛ばせ──クィディッチの防衛戦略研究』がある。
ケニルワージー・ウィスプはノッティンガムシャーの自宅と、ウィグタウン・ワンダラーズの遠征先（毎週変わる）との間を往き来している。趣味はバックギャモン、ベジタリアン料理研究、クラシック箒の収集などである。

COMIC RELIEF UK

　ダンブルドアが序文で述べているように、このきわめて特別な本の収益は、英国の慈善団体コミック・リリーフに寄付され、英国や世界の貧しい地域で非常に苦しい生活を送っている人々を支援するために使われます。

　J.K.ローリングが親切にもコミック・リリーフのために書いてくれた本、『クィディッチ今昔』と『幻の動物とその生息地』の収益は、2001年から総額で2000万ポンド近くに達しており——魔法のような資金の全額が、人々の生活を変える熱心な取り組みのために活用されています。

　この新版の売上で集められた資金は、世界中の子どもや若者が未来に備えられるよう遣われます——安全で、健康で、教育を受けられ、権限を与えられるように。

紛争、暴力、ネグレクト、虐待といった、とりわけ過酷な状況の中で人生をスタートさせる子どもたちを救うことに、コミック・リリーフは強い関心を抱いています。世界中の施設にいる大勢の子どもたちが家族のもとで過ごす権利を取り戻し、自らの可能性を実現してより良い輝かしい未来を築くためにまともな教育を受けられるよう、私たちは力になることができるはずです。

　皆様のご支援に感謝します。コミック・リリーフについてもっとお知りになりたい方は、comicrelief.com をご覧くださるか、Twitter @comicrelief をフォローするか、Facebookで コミック・リリーフのページを開き、"like（いいね）"を押してください！

ルーモス
子どもたちを守り、問題を解決する

　全世界に8百万人もの子どもが孤児院で暮らしています――しかもその8割が孤児でさえないのです。
　孤児院にいる子どもたちのほとんどは、親が貧しくて子どもに十分なことをしてやれないのです。多くの施設は、善意によって設立されたり支援されたりしていますが、80年以上の長期にわたる調査によれば、孤児院で育った子どもたちは、健康や発育上の問題をかかえ、人権侵害や人身売買の危険が増し、幸福で健康な将来を得る機会が削がれるという結果が出ています。
　一言で言うと、子どもには孤児院でなく家庭が必要です。

ルーモスは、J.K.ローリングによって創立された慈善団体で、ハリー・ポッターに出てくる暗闇で光をもたらす呪文から名づけられました。ルーモスはまさにその仕事をしています。施設に隠されてしまった子どもたちを明るみに出し、すべての子どもが必要な家庭とふさわしい未来を手にすることができるよう、全世界の児童福祉のシステムを変貌させます。

　この本を買ってくださってありがとうございます。もしもJ.K.ローリングやルーモスと一緒になって、私たちのグローバルな変革の運動に加わっていただけるなら、どうぞwearelumos.org、Twitter@lumosまたはFacebookで詳しい情報をご覧ください。

訳者紹介

松岡 佑子（まつおか・ゆうこ）

翻訳家。国際基督教大学卒、モントレー国際大学院大学国際政治学修士。日本ペンクラブ会員。スイス在住。訳書に「ハリー・ポッター」シリーズ全7巻のほか、「少年冒険家トム」シリーズ全3巻、『ブーツをはいたキティのおはなし』、『ハリー・ポッターと呪いの子　第一部・第二部』（以上静山社）がある。

本書『クィディッチ今昔』は、静山社ペガサス文庫版（初版2014年）をもとに、新装版として刊行されたものです。

ホグワーツ・ライブラリー2

クィディッチ今昔〈新装版〉

2017年4月13日　第1刷発行

著者　J.K.ローリング
訳者　松岡佑子

発行者　松浦一浩
発行所　株式会社静山社
〒102-0073　東京都千代田区九段北1-15-15
電話・営業　03-5210-7221
http://www.sayzansha.com

日本語版デザイン・組版　アジュール
印刷・製本　凸版印刷株式会社

本書の無断複写複製は著作権法により例外を除き禁じられています。
また、私的使用以外のいかなる電子的複写複製も認められておりません。
落丁・乱丁の場合はお取り替えいたします。

Japanese Text ©Yuko Matsuoka 2017
Published by Say-zan-sha Publications, Ltd.
ISBN978-4-86389-380-1　Printed in Japan